歌集

落葉松林

原秀子

青磁社

落葉松林＊目次

V

原秀子歌集

落葉松林

I

落葉松林

はらはらと落葉松落ちくる一瞬のありて落葉松林騒然となる

振り向けば明るき窓に降りしきるからまつ落葉音なく降れり

音もなくからまつ落葉降りてくるひとりの肩にからまつ降り来

落葉松の林に紛るる柏木の黄みどり揺らぐ光返せり

落葉松のささやきかもとふり仰ぐ晴れ上がる空の下動くよなにかが

落葉松に小さきこの身は打たれゆくどこまで続くのかこの細い道

山栗のわくら葉一枚揺れてゐるから松林の森晴れ上がり

サラシナショウマ

霧の道見通し悪しき森に住む人・人・人の間の一人

うすものの帯状に降る月光をわがものとせり真夜のこの森

朝からの激しき雨を逃れきしかオニヤンマ一つ雨宿りしてゐる

窓枠に雨宿りしてゐるオニヤンマ軀体のカーブ美しカーブ

渓に沿ふサラシナショウマ白く咲き暮色に揺れて人めく頃か

濃霧にはならないだらう朝霧のこむる樹間の鳥の声聞く

裸木に鳴く鳥あまた見上ぐれどどれもが白い腹しか見えぬ

束の間の晴れ間群れ飛ぶアキアカネわれにぶつかり逸れてゆきたり

濡れ落葉踏みつつ来れば薄翅の動く蜻蛉に群るる山蟻

夕靄のただよふごとき心許なさもわがものとして息深く吸ふ

鹿の住む地

バラの花・蕾・新芽を食ひ尽くす野生の鹿の早食ひを見つ

鹿の住む地に入り来し人だものわれは囲ひを作らずに住む

もんやりと霧たちのぼる谿の森おまんがときの神の遊ぶや

雨風の騒がしさに醒め立つ台所櫃に残れる古米を洗ふ

鹿の尻白く浮き見ゆる朝ぼらけ馴染みの鹿の親子かもしれぬ

山の家

三日程ひたすら眠る山に来ていのちをつなぐ小さき家よ

から松の芽立ちの時をよろこびし若き日ありきこの落葉松林

朝霧のもやふ稜線どこまでも続く山国の朝の寒さよ

萩すすき伸びて花咲くわがなだり日ごとの風の緩やかに見ゆ

をかしいよ今年のから松は地の人が言ふ枯葉の残るから松見上げて

ひと握りの山三つ葉摘む朝仕度味噌汁こそよく臓腑に沁みる

オトギリ草

朝露に濡るる草生のかがやきや花蕊ふつさり立つオトギリ草

猪独活の高く咲きゐる沢添ひの人影見えぬわが通り道

小淵沢道の駅にて出会ひたり野蒜のま白き小さき球根

八ヶ岳裾野を下るやはらかき山の光のなか咲く桜

小梅落ち柘榴落ちくる角の家デイバッグ身軽な若者が住む

明日行くと告げに来てゐる衰へを反芻しながらあゆむ石道

霧の道ありて林道抜けてくる霧の動きをひとり見てゐる

遠すぎて

雨が降りまた降り続く寒き雨小さき蛍火この夏見られず

オニヤンマの掛け釘一つ打ち付けしこの山の家手放し難し

乗り換へがしんどいんだ夫の声よくわかるから手離さむこの家
赤い屋根の小さいこの家てのひらのケイタイに蔵ひぬ最晩の日に
そつと行きそつと帰るには遠すぎて信濃の家も手離してしまふ

II

「冬の鳥」

石版画「冬の鳥」なる小さき額かけて古き家の暮らし始めし

「これいいね」眺めゐし子の帰り際洩らす言葉に頷き返す

そのうちに南瓜ごろごろ実らせて思ふばかりの歳月過ぎぬ

柔らかく刃の入る大根茹でて置く明日のことは明日に任せて

石段の四段目の石あぶないよ友人S氏眼のよき一人

さびしいわれの足元

冷えきつた身体に流すひと口の酒の香りを老い初めて知り
しばらくはねぶり味はふ酒の香のゆるりほどけて入りゆく眠り

望月の一日遅れの月あかり奈良漬しやつきり薄く切るべし

櫃川の橋を渡りて下る道手を振りくるる園児らに会ふ

スズカケの落葉踏む音吸はれゆくさびしいわれの足元見つむ

宇治川

川に添ふわが生き来しを思ひつつ宇治川に沿ふ道下りゆく

降りあがりまた降りあがりする昨日今日寒さがそつと傍に来てゐる

襟巻きをぐるぐる巻いて寒さ恋ひ寒さよ来いと尾根道を行く

立ち尽くす青鷺一羽吹かれゐる中州と言へど速き流れに

流水量増しゐる宇治川見てゐたらわが立つ地面が動き始める

丸山の森

黒い服脱いで歩かう川に沿ふ苑道丸山の森を見ながら

視力弱き夫と娘を思ひつつ五月の山の桜見てゆく

一日の公開だから夫誘ひわが町内の古墳見にゆく

川面へと伸びゐる枝の宿り木の大きく育ちてゐるを見てゆく

目白ゐる啄木鳥もゐるぞと見てをれど今判るのはこの二つきり

この仕事今日で終らう

山月記読みながら泣いてゐた夫が正ちやん帽被りではと散歩に

こころ弱りしてゐる夫のだんまりにけだしおそらくもちろん言へぬ

綿埃ふはり浮きゐる足元の冷えはゆるむと階段降りる

「この仕事今日で終らう」出でてゆく八十二歳の夫を見送る

玉造り

汗ばみて紙やすりに削る石くれの玉となるまでのわが玉造り

ひと雨ごとに濃くなりゆくを見てをれど地味な花なりわが家の馬酔木

南天に留まる水滴のぞき込む雲のむかうの青空見たくて

葉桜へ落つる雨滴に揺れ止まぬさみどり若き枝先の葉は

朝日山に春の雲浮き見上げゐるわが足元に力入らぬ

大吉山朝日山へと登り来て靴がよろしかつたと褒められてゐる

イカル

おゝそれはイカルですよH氏の声の確かさに図鑑をひらく

梢よりイカル啼く声透りくる今日は晴るると筋伸ばし聞く

池の面さざめくままに映る壁ゆうらりゆらり翳をともなひ

古い家

十八枚の雨戸の癖も知り尽し古い家族のやうなこの家

若かつた貧しき日々に建てた家夕べ帰り来て尾根道から見る

まごつきながらも出来るいまで良かつたよ実印図面書類揃へて

山の端に淡く消えゆく虹見上ぐ最終契約終りし帰途に

家具道具思ひ切りよく片付けてふつと見上ぐるこの古い家

不用品積む二屯車の汚れかな親しみ来しもの積み走り去る

あれ不用これも不用と仕分けゆきあはれ古家不用と決めぬ

古家を不用と決めて身は軽く落葉散りしく公孫樹道ゆく

さやうなら

持ち家を手離す身軽さ追ひかけて風ある丘へひとり上り来

佛壇を運びしあとの床柱ぽつねんと立つを双掌に撫でて

ひとりだけの遊び場なりき屋根裏の小暗き広さに満ちゐし木の香は

去年よりも多い蕾を見やりつつ白梅紅梅にも言ふさやうなら

Ⅲ

昏き空

取り敢へずの荷作り解きし十二階星が見えない昏き空あり

老人が老人と住む十二階土踏みし感覚ひつそり失せて

雨の降る音も聞こえぬ高層の暮らしに溜る空缶ならべて

中京の夜空を見上げ星がない星が見えぬと呟いてゐし

若き日に建てしあの家手離して中京に住み三年過ぎぬ

老いに近くなつたフゥ

びつしりと咲きゐるつつじに沿ひゆけば三条烏丸人ら憩へり

四条から三条までを川に沿ふこんなに喜び跳びはね歩くを

八月の石道歩きゐし自が足を舐め続けゐる犬のあはれ声無く

本町通り

門先に花鉢並ぶ京の町酔芙蓉咲くこの通りには

もの音のやうな鳴く声庭先のハナミヅキの枝に見ゆるジョウビタキ

はろばろと海渡り来たのかジョウビタキ白地の紋美しコッコッ鳴きぬ

老い二人のいつもの会話聞いてゐた「猫の二階へ上る晴天」

八重桜厚く散り敷く石だたみひと足ひと足われは老猫

志ゝが谷上りて来れば河鹿鳴く声強くして人の声なし

ポポー

疲れ見ゆる旅の無口さ瘠せ瘠せし後ろ姿の身じろぎもせず

朝焼けの薄れくる頃さへづりに変りて来たる鳥たちの声

紅葉見て歩いて来た道見おろせば人が小さい小さく見ゆるも

育ちゐる南部アカマツこんな地に根方触れつつ声かけてゐる

夕立に濡れたパラソル干しゆかむ差せばずつしり重たかりけり

ポポーの花不思議に咲いて実のなつた小さな家に生れた子ふたり

山紫陽花

思ひがけぬ朝からの雨　雨の匂ひ漂ふやうに咲く山紫陽花は

朝霧に湿り戻り来散歩道足弱くなつたと独りごちつつ

年月の明るく射しくるわが部屋に醒めてまた読む『母の影』あり

ある時の枕の下の文庫本変れど変らぬ一冊がある

オシロイグサ

疲れきて坐り込みたる草原のなにやら明るむ犬胡麻の花

をみなへし咲きゐるなだりせはしげな蜻蛉立羽らいづれも小さく

見倦きぬはざくろからたち野のすみれ蚕豆の花猪独活の花

オシロイグサ嗅げば化粧する匂ひぞと犬と話せり朝けの散歩

誕生日の祝ひ揃へる栗赤飯下立売をとことこ歩きて

おれのぱんや

錦通りの「おれのぱんや」へ寄りながら栗パンさがすやはり栗パン

落ちてなほかく美しき公孫樹かな振り向き振り向きゆくこそよけれ

昨夜の雨あがり明るき日は眩し春の天気は気まぐれ小僧

白椿散りそむるおもたき空の下犬のよろこぶ足どり見つつ

パトカーの音聞きながら剝いてゐるトマトの薄皮なまくら刃もて

縄手筋

しぐれ来て晴れてしぐるる縄手筋酒屋の商ひ立ち止まり見る

包装の整ふ酒粕積まれあり売り出し中の書店のやうに

夕暮れの四条通りの街あかり歌ふ男の子らのあと従きながら

舞ひあがり吹かれ流るる春の雪信濃人言ひゐし京の雪かこれは

東山山の端はなるるときのまの朝日はなんと面長だとは

夕顔町

尋ね来し夕顔町に薄日さしほのぼの白く道は続ける

夕顔の町あることも知らなくて瀬戸内源氏去年読み終へき

娘が居りてその子ら居りて声揃へ歌ひゐし日日早く過ぎにき

今からでも出来ないことはないでせう風吹くやうな誰かの声が

垣間見る鬼らの動きゆるやかに鎮めの所作かと呟きをれど

寺町通りこんな北まで来たことない三月書房見つつ下りぬ

そくそくと背のさむき春のくれ熱き白粥炊く仕度する

白粥に梅漬け一つの一食をすがしと頂くともに老いきて

ハタハタ

横たはるベッドの上にふはり浮くわれが立ちゐる不思議な目覚め

子の庭へ移植されたる柊のひこばえがつしり育つを見るも

茶の花が大きく咲きゐる子の庭を見上げてやはり遠い道のり

一面の記事切り抜くを見てゐしが時代は過ぎたと呟く夫よ

亡母の声聞こえたやうなデパ地下の魚売場の光るハタハタ

都大路

紫陽花の花鞠を嗅ぐ老犬や都大路をひたひたと来て

雲あれど茜に染まる朝まだきこの街つつむ彩ありあはく

梔子の花のおほかた腐れゐる遅き梅雨降る鴨川に沿ふ

ケイタイに蔵ひし桜呼び出だし見せゐる病みし友を見舞ひて

容よき半月高き中空をよぎる雲ありたちまち暗む

赤いまんま

高層の部屋に鋭く入り来る雨風ありて慌てふためく

九月四日午前二時の空晴れて小さき星星またたき見ゆる

十月に白シャツ一枚着て歩く犬連れ子連れ暑し日ざしは

よく見ればこれはミヅヒキ赤いまんまあらかた零れて

夏の草刈り取られたる並木道犬のリードも弛びがちなる

十月になつたばかりよ落ちてゐる銀杏一つ臭ひ少なし

「ヴェロンにて」

三岸節子の「ヴェロンにて」の白い花この頃愁ひの顔に見えくる

町びとのひとり歩きよ疏水見つつ義姉逝きし家過ぎて戻り来

真如堂なかなか見えぬ坂の道山桜小さく淡く咲きゐる

なつかしき色に手を出し折り取ればポンと音する虎杖ひとつ

ぼうたんの濃く淡く咲く角の家小柄の人の静かな手入れも

藤の花小鉢に咲かせる門ありて甘き香そつと吸ひ込む

大文字

茂りゐるスズメノカタビラ噛み噛みて老いてゆく犬見守るばかり

博物館へ行つて来ますと乗るバスに蟹満寺浄瑠璃寺ひとりごちつつ

雨雲のけもの二ひきあとずさりくらき西空深まりゆくも

明け初めて彩変りゆく東山阻むものなき視界わがもの

雨が降りまた雨が降る一日の終りに点りし大文字光る

萩の庭

伸びやかにしだるる萩を見て幾日白い花咲くきのふも今日も

白萩に遅るる三日空晴れて紅萩ひらくこの辻あたり

半ば欠けふつくらうつむく月のかほどこかにひつそりゐる人のかほ

柊

昼食は魚一匹食べ終り頭と尾と骨を描きて終りぬ

見え難い聞こえ難い八十六歳となりし夫いつしか独りものを書きゐる

ひと様に合はせることのしんどさをふつと避けゐる老いといふもの

朝からの雨に打たれて門先の小さい柊青若葉映ゆ

この町の門先の花のたのしみは小さい藤の花小さい柊

鴨

鴨群れてゐますよこの先に二人の笑顔にうなづきながら

群れ離れゆく一羽二羽鮮やかな脚に蹴りゆく強き流れを

この季に子鴨に出会ひ母鴨の母の姿に出会ふうれしさ

咲き残る木瓜の花はな見てゐたらあつはははと笑ひ鳥とびゆく

わが誕生日

公園のもくれん散りてさくら咲きさくらの花びら踏みつつ見上ぐ

花びらの残り少なき枝見上げ声揃ひたり早いものだねえ

寒波来る予報聞き終へ消すテレビ真似る声する元気あるらし

屋上への細き手摺にゐるらしい小鳥の姿ゑがくをかしさ

蠟燭を灯す夜ふけの寝室を貧しとは言はぬわが誕生日

白椿

朝の空乱れ落ちくる雪あふぎ連れ立つ犬に声かけてゐる

ひとり戻る夕暮れの道迷ひゐて見知らぬ二人先立ちくるる

この辻もまたこの辻も工事中春には変るとふ四条通りは

寄生木を見に来てかがむあの時の蟷螂ひとつ斧ふりあげて

雪の道明けて凍て道日かげ道つるりすべりぬ老いしこの身は

地に低く冴え冴えと咲く白椿眺めて立てば寄り来るひとり

ひとり暮らし

ひとり暮らしいつたいどうなるこの家もあの家もうかび来老人ひとりは

病む夫と犬ゐる暮らしの忙しさはなかなかひとには分からぬらしい

見え難い聞こえ難い夫とゐる暮らしの変化ゆつくり確かに

真夜中の東の空の白い雲鳥の形もたちまち消えて

むかしの匂ひ

舌の先いたくはれくる痛さあり病ひのあれこれ思ひわづらふ

「これは痛い」口あけて口腔見て下さる先生の声に救はれてゆく

初めて会ふ道具ばかりで鼻と口洗はれてゐる時の間すぐ過ぎ

病む夫を見つつわれ病む日々ときにわれのめぐりに立つにこやかに亡母は

痛すぎて声が出せない口内炎こんな小さな傷にうろたへて

くちなしの花を嗅ぎゐる老いし犬むかしの匂ひ思ひ出してか

あめの深草

疏水べりへ着けば落ち来る雨滴あり坐り込みたり葉桜の下

ゆづり葉を見上げて立ちゐしひと時も深草は雨あめの深草

サルスベリ雨降るたびにこぼれゆくあめこきざみに震へるもみて

「牛わか」の文字見ゆる小さき公園をぐるりと囲むひひらぎ南天

茗荷の花知らず過ぎ来て図鑑ひろげ描きぬひよろひよろ茗荷とその花を

壺阪寺

晴るる日は壺阪寺へ参ります老犬ひつそり伴ひてゆく

うぐひすの鳴く声澄みゐる山道を汗したたらせくだる壺阪

ラベンダーに集ふ蜜蜂よく見れば小さな蝶もまぎれ蜜吸ふ

台風の黒雲残る明けの空黒雲押し上ぐるあかね雲見ゆ

ぼつてりと重さうな雲が動き見ゆ西へ西へととぎれも見せずに

ユトリロ

「母と子の物語」展へひとり来てあとの幾日か失くしてしまふ

ぼんやりと好きなユトリロと思ひゐしをこの生き方を頷きて読む

ぼろぼろの生きざまだつたユトリロの描く教会をかさね見てゆく

リラになりスズランになる表紙絵の一冊を選び会場を出づ

松茸を見て思ひ出す松茸狩りに連れて行かれし山の名忘れて

何を頼みの

「禁酒して何を頼みの夕しぐれ」言ひゐし夫へ注ぐ赤き酒

雪の朝娘に付き添はれ戻り来る夫の顔色雪より白い

書き馴れぬ文字にてあればゆつくりと書き写しゐる心筋梗塞

「さまざまな人が通つて日が暮る」再入院の部屋選びする

雀色時

二週間の入退院くり返し「雀も分かぬ雀色時」

揃へられ置かるる夫の上履きを温き湯のなかゆつくり洗ふ

退院のこよひ上弦の月あかりひとり見上げて鎮まるこころ

黒雲のと切れる上は白い雲七月半ば梅雨の雨降る

星見えぬ空の深さや手探りに探す病む人の薄手の肌着

薬缶も入れて

カナダへの旅に求めし大鞄入退院ごと薬缶も入れて

瘠せ瘠せし夫の身体を洗ふ日日疲れか疲れでないのか判断出来ぬ

入浴を手伝ふ日日に馴れてきしわがあやふさをうつす鏡は

洗ひ場に坐る木の椅子ありますか美しいプラスチック製椅子から離れて

この身からまん中抜けてきのふ今日ただただ重く苦しこの身は

元日の白き欠け月見つつゆく病む夫との一年早く過ぎにき

明けの明星

明けの明星見たんだよそれは金星大きかつたか問ひくる夫は

咲きのぼり咲き垂れゐたるノウゼンの花は包めり銀杏一木

気がつけば爪が伸びゐる白い爪草木に土に触れぬ一年

はらはらと降る朝の雪もう晴れて澄まし顔なる夫戻りくる

薬包紙

視力弱りぶ厚きレンズ使ひゐる夫をのぞけばけものの目玉

高齢者二度の手術になるやもと承諾書書くふたり並びて

冠状動脈よぢれよぢれしこの写真本棚の奥深くしまへり

立ちゆきし卓上に残る薬包紙赤、青、銀いろ美しい七つ

舌下錠聞いてはゐるが未だ見ぬこのなりゆきの続くを願ふ

人参の朝食続けし一年余夫の病の安定に頷く

黒いリュック

ひ弱げな夫にてあれど病みながら心臓軟骨安定保つも

なかなかに大変なんだ薬の管理が五週目ごとの診察より帰り来て言ふ

心臓六種軟骨二種の薬と言ふ夫の背中をゆつくり撫でる

残されし色とりどりの薬包紙ぢつと見てゐれば動き出しさう

肩にかけ小さな旅へ伴ひし黒いリュックが薬の在り処

Ⅳ

河野裕子先生

先生はここに在ますと読み終る午前四時前ぐらりくる地震は

病ひ知らずの先生の声しか知らぬゆゑ窓を背にした先生の声

赤い帯似合つてゐます先生の笑顔の写真立てかけて置く

裕子先生の絶筆十一首くり返し読みゐますよ先生

「ありがたう」聞こえくるやうに読み返せば裕子先生ここに在ませり

＊

先生のラジオの声に涙あり声なく立ちて月を見てゐつ

高安国世先生

夫に聞く高安先生の美声とふ歌下手の夫のローレライそれも独語の

白樫

木洩れ日がゆらゆら流るる水に見えうつかりああと応へてしまふ

冬空の雲の量感見てゐたら巣立ちのやうにゆくちぎれ雲

いささかの乱れある文字問ひたくて仰ぐ冬空ちぎれ雲ゆく

病み深き白樫の葉切り落とし切り落としゆけば現はるる冬空

老いぬれば子よりも近くにゐる亡母と話してをりぬ小声重ねて

わが従兄弟

わが従兄弟ふいに逝きたり九十八の母ひとり残して

突然死受け入れ難く身のめぐりざわざわ寒き日数重ねる

三十三回忌過ぎて佛になるといふ古老に頷く浮島の塔

対き合ひて煎茶入れをり浮腫にすら馴るる怖さを言はむとしつつ

風花

母のため帰りし丸亀に病み臥せる人体もろくもう歩けぬといふ

水のいろの喪の葉書届きぬ風花のひつそり落ち来る昼過ぎた頃

花束そつと

安静が一番ですすぐタクシーを呼ばれし中部さん先に逝かれし

病みながら夫の病状気にかけてくださつた棺へ花束そつと

昨夜の雨に濡れゐる路地道踏みてゆくわが足ながら重しこの足

義姉逝きて贈りしバッグ戻り来る深き緑の変らぬままに

犬が居て九官鳥喋る義姉の家いつも静かな家だつたこと

水の輝き

暗渠へと入りゆく水の耀きを土に座りて見つめをりたり

街路樹の高枝伐るのか脚絆見ゆ姉見舞ふバスの車窓に

入口の軽トラックの脇すりぬけて弁財天に線香上ぐる

般若心経おぼろげに言ふらしき姉の声顔近づけてしんと聞きゐる

「誰に会ひたい」「誰にも会ひたくない」八十過ぎた姉妹の会話

丸まりて

丸まりて小さく寝てゐる姉の目に涙ひとつ流れくだり来る

夫病みて涙こぼさぬわれがゐて病む姉なでつつこぼるる涙は

夫病みて息のみしことただ一度気づけば奥歯強く嚙みゐき

明日帰る一人を送れず姉見舞ふことも出来ない日日が過ぎゆく

手をつかむ姉ひとり置き帰らねばもみぢ葉踏みつつ坂くだりゆく

美味しいか問へばいまいちと言ひにつとせり最後の会話たつたこれだけ

まぶしきひかり

病むも一緒はしかおたふく共に病み屏風のかげに絵本並べて

印刀に力をこめて彫る像の出来上がらぬ早朝逝きてしまへり

長病みて骨格見ゆる終の顔美しき死に顔の姉に会ひゐる

姉と二人遊びし日々を思ひつつ茶毘所へ行けずひとり戻り来

東山稜線あはくかすみつつまなくまぶしきひかりあふれむ

人けなき道をたどれば流れゆく疏水に映る大き鳥影

春の雪

縁ある人達みなみな老いてしまひわが盛岡も遠くなりたり

今はもう顔も名前もつながらぬ子らへしば漬け京菓子送る

遠来の友と連れだつ高台寺しだれ桜はよろこびの彩

よく見ればなづな花咲く木下かげまるで句読点のやうに咲きゐる

見上ぐればば銀杏並木の道だつた俯きがちの幾日も過ぎて

よく見れば拾はれそこねし銀杏の幾つかありぬこの散歩道

犀川

犀川に沿ひて歩きし若き日は金沢寺町遠くなかりき

土地開発すすみて消ゆる墓地と言ふ祖父母縁者らお帰りなさい

先代の僧に代りてパソコンに収めある墓今様の墓

さりさりとおろす人参の玉子とぢ朝々いただく一年過ぎぬ

人参とトマトを使ふ朝食を美味しと言ひき病む夫ながら

味噌汁は見せず作らず味噌味の煮物に仕上げことなく過ぎ来

舞ひあがり吹かれ落ちゆく春の雪見とれて飽きぬ乱るることも

三月十一日

駅舎建てし残りの煉瓦に建てし家無事でしたと言ふつながる電話に

瑞巌寺は無事だらうかと夫は言ふひんやりとした参道なりにき

参道わき大岩の前に坐禅なす一人いますを寒さうと見き

いつか見た映画のやうに揺れてゐる水溜りにも光るさくら葉

茨城にいかほどの事為しきしや弟海産物を下げ来る

福島に三月十一日がやつて来て幽霊出るとふ噂あるを聞く

流されて逝きし子の幽霊に会ひたくて歩きし母の会へなかつたと聞くは

一万人越ゆる不明の人といふざわざわざわと日が過ぎゆけり

V

狂言

狂言の声のびやかにほがらかに茂山逸平大きく見ゆる

声のない笑ひの満つる能楽堂東山仁王門観世会館

狂言をなかなか見られぬとき続き茂山家和伝書拾ひ読みする

日本語、英語、チェコ語にて稽古する茂山宗彦聞きしにまさる

茂山宗彦、逸平兄弟なかなかにして兄はチェコ弟はフランスにて舞台踏むとふ

喜撰法師踊る手足も顔も夫に見せたい三津五郎の踊りは

三十六歌仙

字統にて読みし秀の文字象形とふつらつらつらつら書くもいとしく

松の緑松の緑と探しあて三十六歌仙水引見せていただく

占出山奥へ通され見上ぐれば中納言家持のあ八雪のふ流

町衆の力みてゐる鉾立てやがつしり組まれ櫓仕上ぐる

ぴたぴたと午前三時の雨が降る見てきた山鉾まならに在りて

小さい佛像

本能公園左に折れると佛像を作る家あり硝子越しに見る

掌に乗つかるほどの木の佛ショウウインドウからわれを見てゐる

飾り窓の小さい佛像作りたい覗いて眺めて育てし思ひを

犬連れてまた覗き込む佛像やからり戸があき人ら出でくる

掌に乗る程の像を作りたい佛師の方に教へを乞ひて

籠り堂

ガラス越しの黒き地蔵菩薩像をろがみて声なくくだる深き山里

春さきの雪に隠るる籠り堂寒さに弱き病ひぞと言ふ

雨だれの音の向うに雨の降る細き音するひとりの朝は

時経てばたちまち消ゆるこの時と私は懇ろだつたらうか

いつからか針持つことを忘れゐしわが肩ぽんと打ちゆきしは誰

午前二時ふと起き出だす心猿と言ふ厳寒に身を刺されつつ

大き虹

人はまちがふこんなにもやすやすまちがひしわたしを見るわたしは

私はまだ六十ではありません屹となり言ひき六十近き日には

六十をいつしか過ぎて八十一歳たちまち過ぎた年月といふは

病む夫を籠り眠らせふり向けば前肢揃へなに待つや老犬

北山の稜線あかるく見ゆる日は天気よろしとわが家の予報

残る雨にそぼ濡れ来しを昼近く大き虹立つ北山を背に

北山に大き虹立つ昼下がり大き虹ふたつ消えさうで消えぬ

北山

北山に雪降りしあと見えて中京の朝あけぽつり朝の雨くる

東山北山いづれも劣らない中京十二階に住み馴れて来て

みんなみの雲の渦巻き覆ひつつ刻々動くを追ひかけたくなる

なだらかな北山の線の柔らかさ静かにねむれとひとり呟く

大文字、比叡山を眺めつつ朝の干し物心地よろしき

京の山叡山見えぬ朝の雲真綿のやうな雲のひろがり

ムスカリ

ひつそりと話相手に選びたい葉かげに咲きゐるムスカリといふは
ムスカリは青く小さくひらく花話相手に一鉢選びき

ユリ科ムスカリ属多年草地中海沿岸に咲くといふこの青い花

下から上へひらき始める花すがたつつましく見ゆるブルーマジックとも言はれて

ちらほらと梅咲くとふ声あれば天満宮へまづは参りき

天満宮へよく連れ立ちしやす子さん日本を捨てたと夫またも言ふ

紅梅のこぼるる道を踏みながら見上ぐる笑顔の青空見てゐき

フウ十二歳

年明けの一月十四日フウ十二歳突然ふかく病みてしまへり

連れ行きしペットクリニックに内臓の写真見せられ声さへなくして

内臓は分からぬままに見てをれどフウの顔色まじまじ見てゐる

体重をまづは落してゆきたしを先生に伝へ深く礼する

守さん

公孫樹落葉逓信病院の前あたりゆるやかな坂くだる静けさ

公孫樹落葉ふむのも惜しくゆるやかなくだり坂にて残る葉見上ぐ

庭の柚子葉つきやさしく持ち下されし守さん小学校大学と同級生といひ

北向きの部屋に一人紙を咬むシュレッダー動かす小さな事務所

をさな名で呼びくる夜の電話にて私と一緒に暮らさうとふ声

昼過ぎの見知らぬ電話届きたるわが携帯も閉ぢてしまひぬ

あめんぼ

話相手に選びしムスカリ花終り葉ばかり伸び過ぎキッチンの隅へ

「十二時に下で待つから」娘の声の元気らしきににんまり出づる

雨に打たれ錦通りへ入り込み眺めて迷つて雨さへ忘れ

ひとりなら小さい椅子に坐りたい硝子戸越しの家具屋見て過ぐ

ぽつぽつと残る雨滴も楽しみとなればジョークも生き生きとして

ヒアシンス満開三つ咲きたれど球根斜めに埋めたのはだあれ

水底に映るあめんぼの泳ぐ影あめんぼよりもみごとに泳ぐ

戦後七十年

戦後七十年みひらき思ふは一六三号線追ひ来たる一機に山へ飛び込みし日

機上の男笑つてゐたと言ふ友もゐてわれらが世代の話題もあはれ

芋畑の草取りしてゐしおばあさん機上からうたれ声なく死にき

焼玉蜀黍の匂ひめぐりに振りまきてゆつくり歩く祭りの夜は

すこやかなれよ

浄瑠璃寺から禅定寺そだ道の白洲正子の足跡おもふも

からまつのひそやかな動きに足とめたあの日のことも山の思ひ出

からまつのひそやかな動き聞きとめてそつと見上げて立ち尽くしゐし

落葉松に打たれ歩きし七年の年月をいふ言葉探せど

犬連れて歩きゐる日々振り返り重ねし十二年ふつと絵が見ゆ

からまつの林の中を走りゐしフウの姿が浮びて消ゆる

裏庭に遊びに来てゐたあの子鹿大きくなりゐむすこやかなれよ

あとがき

本集は『かやつり草』に続く私の三番目の歌集です。もともとこの二つは一冊の歌集にまとめるつもりだったのですが、『かやつり草』に収めましたのは、一九九八年から二〇〇三年にかけての、河野裕子先生のご指導のもとに作りました歌で、私の最初の歌集『乳草』の色合いを残しております。これに対して本集に収めましたのは、先生がみまかられた後の、二〇一一年から現在までの作であり、私の想いのままに詠んだ歌です。それで、二つの歌集に分けることにいたしました。

『落葉松林』といいますと、北原白秋の詩を思い出されるかもしれませんが、落葉松林のあの神秘な空気は、林の中に暮らした者にしか分からないものが多々あることを信じている私がいるのです。それは、本集の最初にまとめました歌だけでなく、この集全体を通しての流れです。「また細く道はつづけり」です。この歌集から、私の気持を読取っていただければたいへん嬉しいことです。

青磁社の永田淳様には一方ならぬご尽力をいただきました。また、この歌集の編集に当っては、前田康子さんにたいへんお世話になりました。厚くお礼申し上げます。ありがとうございました。

平成二十八年九月

原　秀子

塔21世紀叢書第297篇

歌集　落葉松林

初版発行日　二〇一六年十二月二〇日
著　者　原　秀子
京都市中京区蟷螂山町四七九ルネスピース一二〇五
（〒六〇四―八二二五）
定　価　二五〇〇円
発行者　永田　淳
発行所　青磁社
京都市北区上賀茂豊田町四〇―一　（〒六〇三―八〇四五）
電話　〇七五―七〇五―二八三八
振替　〇〇九四〇―二―一二四二二四
http://www3.osk.3web.ne.jp/~seijisya/
装　幀　仁井谷伴子
印刷・製本　創栄図書印刷

ISBN978-4-86198-365-8 C0092 ¥2500E